内野芙美江歌集

東奥日報社

目次

歌集「芙蓉咲く」二〇二首
昭和三十七年〜五十一年……1
昭和五十二年〜五十七年……27
昭和五十八年〜六十二年……47
歌集「芙蓉咲く以後」一三四首
昭和六十二年〜平成五年……75
平成　六　年〜十　四　年……97
あ　と　が　き……124

歌集「芙蓉咲く」

昭和三十七年～五十一年

六十九首

白樺の若木　青き甲田嶺
ひとりの旅　冷雨降る夜を
海渡る牛

白樺の若木

合羽《かっぱ》のせし馬そり一台海近き道をみぞれに打たれつつゆく

欄干に爆跡残る蟹田橋夕映えのころ今日も渡れり

近寄れば豆腐の匂ひする生徒家業の匂ひしみてゐるらし

ふぶく日に迷ひ入り来し四十雀を追ひて子どもら喚声をあぐ

吹雪に向ひ帰りゆきたる開拓の一人びとりを思ひつつをり

なだらかなる丘を曲りて灯台につづく道ありここに陸果つ

——尻屋崎——

標本室の棚の片隅に類あまた灯台甍死鳥はまなこ閉ぢをり

大きなる鳥も小さきも胴体に名をば標され横たはりゐる

風強き島の渚にしろじろと潮に晒されし流木積る

——大島——

音立ててこの島山を吹く風のをりをりにして渚に光る

潮の流れ危きと人ら言ふ島に横たはる流木にあふるる日ざし

旅に来てわれは見にけり石の山凝灰山の白き夕映え

銑鉄生産七〇万トン室蘭の家並も木々も錆びし鉄色

余光残る工場に人ら動きゐて赤く焼けたるガラス吹きをり

傾きつつ夕日かがやく街並を白樺の若木積まれゆきたり

立ち枯るるままに明るし萱原の丈高きなかをしばし歩めり

君を待つ萱原は黄に明るめり頬白高く鳴きて飛び交ふ

青き甲田嶺

整ひこし父の呼吸をいくたびも確かめゐたり夜明るる間を

祈りさへ忘れて父を看とりたり今し明けゆく青き甲田嶺

父の命ここにありけり甲田嶺の際より青く朝の明けゆく

死を超えし父の枕辺明るみて目覚めしカナリヤの餌をこぼす音

笛のごとき寝息たてつつねる病父《ちち》のさびしき音にも夜毎慣れたる

追ひすがり父呼ぶひまも息迫りつかの間にして父は逝きたり

語ること少なく病父とふたりゐて昨日もここにわれの看とりし

にはかなる近所の火事に駆け入りて佛間に父の位牌を抱ふ

夜を通し夢に疲れしといふ母をいたはる間なく勤めに出づる

わがかなしみにかかはりはなしおびただしき自動車《くるま》のライト街を流るる

父がみ骨もちて旅立たむあかあかと岩木の裾野に藁燃ゆる見ゆ

血圧高きに思ひとどまれりこの旅は老いませし母の願ひなりしを

手ごたへなくかかへ持ちたる骨箱に父のみ骨のかそけき音す

本尊がみ前に並びてをさまれり父と姉との錦の骨箱

——知恩院——

懺法《せんぽう》の唱えも知らに坐すわれと夕光《ゆふかげ》に照る阿弥陀如来と

衰へし視力にて老爺《らうや》はつくづくとわれを見つめぬ「とみゑはんが娘《こ》か」

「お静かに行きなはれ」と見送りくるる人の訛しみじみと聞く母のふるさと

あるときは幼児のごとく祈りたり母の命を限りなくほし

頸たてて水飲みにけり五日余を身じろがぬまま病み来し鳥の

老い母とふたり過ぎゆく雪の日を樵の薪焚くおごりの如く

ひとりの旅

余光いまだ頂に残り峡山《かひやま》に声透りなく茅蜩《ひぐらし》いくつ

——鶯宿——

なほ続くひとりの旅ぞ山百合のゆたかなる莟は手折らずにゆく

廃坑の跡の山膚赤々と眼にいたきまで夏日は照らす

音絶えし大き精練所跡残滓《ざんさい》の硫黄に反る光はきびし

連りてバケット止り廃坑の褐《あか》き山より風吹きおろす

八幡平の頂近く立ち枯れの林つづきて飛ぶ鳥を見ず

むきむきに折り重なりて朽ちゆかむ標高一五〇〇メートルの橅の林帯

黒谷地といふは短き草の平《たひら》ニッコウキスゲのみ咲き盛りをり

二億年あまり水たたへ来し洞窟は反響しくる音ひえびえし

——龍泉洞——

反響して水の流るる洞窟の奥深きところ石佛ゐます

透明度四十メートル水底に透る螢光灯に石青み見ゆ

ムカシエビ棲むとぞ聞けり洞窟の水透明に青の極まり

暗黒の洞窟ひらけ眼のまへに水深百メートルの碧き岩淵

水つひに動かぬ淵の碧を見つつ怯えのごとし畏れのごとし

鐘乳の石より水のしたたりて刻める年輪のおのがじしの色

無窮なる水の滴りの連続は鐘乳石となりて凝《こご》れる

単調にして変化なきしづけさや石筍の上にしたたる雫

冷雨降る夜を

師の手術心にかかりて居寝がたし激しき雨の降りやまなくに

疾風にたちまち雲の散りゆきて中空に白し月照りわたる

頸伸ばし月照る干潟に眠らざる白鳥をりて影長くひく

子をつれて岸離れゆく白鳥の足音聞ゆ氷る干潟に

三千年に一度咲くといふ優曇華《うどんげ》の白き花見つ今のうつつに

――法光寺――

それぞれに面立ちやさし百年を過ぎて六道能化地蔵菩薩像

かけがへのなきものことごとく失はむ思ひにおびゆ冷雨降る夜を

西方の山より暮れて尾駮沼やがて一つの平面となる

荒々と波ひくときにつれたちて頸長く二羽の海鵜飛びゆく

——千畳敷——

岩かげを激しく風はめぐるらし地蔵尊のみ顔半ば崩れぬ

み佛の姿も文字も崩れはてひとつ原石に還りゆくべき

海渡る牛

前田真三作「北国の四季」写真集より

先導の牛より深海に挑みつつ泳ぎ渡るのか対岸岬に

種を守る運命きびしく隊列を組みて牛らの海渡るにぞ

導かる小さきいくつは仔牛かも海渡りゆくよ牛のひと群

黄昏《くわうこん》の光のなかに影のごとく海渡りゆく生きものかなし

昭和五十二年〜五十七年

病みて
時時をⅠ

五十五首

病みて

限りある力なりとも老い母と受験の生徒《こ》らのために癒えたし

高熱に呼吸困難ともなひて生徒ら守らむわが力絶ゆ

病むわれを諭し給へる師のみ声凜として聞ゆ「天が与えし休息のとき」

――横山武天師――

ベッドよりわづかに見ゆる方形の空重々し春の雪降る

上手下手さまざまありて教へ子ら折りし千羽鶴のわれにうれしく

わが生徒らと学びゐし夢に目覚めつつ病院のベッドに病む身確かむ

四時間をかけてわが血を養はむ一日一〇〇〇CCの点滴の液

日に一度のわが電話待つ老い母にわが病状の悪しきことなど告げず

病むわれに届けくれにしまんさくの花木はみ山の雪の匂ひす

暁の浅き眠りに別れ来し母の面輪のしきりに顕ち来
——弘大附属病院へ——

薬疹のかゆみに耐ゆる一日の日は長くして晴れ渡りたる

くどくどと医療無料のひけめ言ふ老嫗《おい》に語らむ言葉なくゐる

つづまりは死のことに到りつけるのみ消燈までを療友《とも》と語りて

寂しさの極まれば人を呼ぶといふ個室の患者の暁の声

検温に目覚めし朝郭公の透りて聞ゆただ一つにて

ひたすらに病癒えむと薬くさきセロリも鶏肉《にく》も厭はずに食む

師の君の携へ来ませし紅ばらのいぶきよわれの命まもらな

久々に帰り来たりて亡き父のベッドに終日われの眠れる

帰り来てなほ病み継ぐはかなしかり老い給ふ母にわれは看とらる

家内に飼ひをく犬のいささかの気配にも目覚むわれ病みてより

再発のおそれを常にわが持ちて生きゆかむ日のまんさくの花

老い母をおきて再び入院すこの現実の紛れもあらず

闘病の日々窓に見し五重塔癒えて真下に今日仰ぎ見る

五重塔立てる高丘み佛に神まつられてともにゐましぬ

時時をⅠ

枯れわたり視界ひらけし下北の野のはてに海の盛り上がり見ゆ

――脇野沢村――

幾年も船捨てられ来し海かおほかたは形も色もとどめず

船の墓場と人ら言ふとも昼凪ぎの海は冬日に照りて明るし

雪の上に真鱈並べてひさぐ村ここのみは過ぎにし時をとどむる

このままに衰へてゆく老い母か灯さぬ部屋に透る虫の音

身元引受け人の欄に書かるるわが名前老母の入院のかなしく厳し

鈴虫の鳴くを喜び寝入りたり病癒えぬまま帰り来し母

共食ひの争ひやみて鈴虫の命ひそかに満ちてゆくらし

さまざまな形にて死は訪れむ頭《かしら》うち軒端に横たはる猫

鈴鳴らし屋根伝ひくるわが猫を待つこともなしゆふべ窓閉づ

日ねもすを枯芝原に過ごさむか妊る寒立馬の春芽食みつつ

――尻屋岬――

岬山に立つ要吉が碑文かなし諦め多きわがあけくれも

喪《うしな》ひしものへの祈りさまざまに口紅《べに》さす地蔵衣《きぬ》着る地蔵佛

マジックの拙《つたな》き文字の墓標あり死後にもまとふ農の貧しさ

春といへど夕べは寒し店先に売らるる兎ら体寄せ合ふ

よき歌の師をもちながら腑甲斐なしと諫められしは昨日のごとし

――対馬信夫さん――

ひたすらに短歌に拠りたる人なりし和田静子亡く対馬信夫亡し

赤彦のゆかりの宿に泊りたり膳のウグヒに椿葉を添ふ
——石川旅館——

百穂《ひゃくすい》の生地に来たりて聞くものか宿近く鳴く梟の声

物質文明の所産とのみに捨ておけず子らにかかはる暴力行為

指導力なきゆゑ子らを救へぬと言ふはたやすし教師も世評も

現実には遠きこととなり「金八先生」学園ドラマこの頃流行《はや》る

夕暮れてさだかならねど最上川河口のあたりか潮《うしほ》の匂ふ

——酒田——

降りやまぬ朝の雨にうたれつつ最上河口の空飛ぶ雲雀

さへぎるものなき最上河口の葦原に雲雀もわれも雨にうたるる

衆生済度の祈りは篤し即身佛になり給ふ出羽の 上人《しやうにん》二尊
——海向寺——

衆生がため生くるはかくもすさまじき緋の衣まとひて即身佛座す

いつの世も限りなき祈り日本海の荒磯《ありそ》の岩に羅漢刻まる

見ゆる限り波照り反り砂光り七里長浜に人の影なし

もつれつつゆく蝶ふたつ飛びゆけり光ただ照る七里長浜

防砂垣のはざ間に這ふごと丈低く大待宵草の昼の花咲く

昭和五十八年〜六十二年

七十八首

母よ　時時をⅡ

生かされて

母よ

逆境ゆゑよき短歌作るといふ言葉蔑みのごとくわれの聞きしか

末の娘《こ》のわれ嫁がずに母と住むを人ら幸せとも不幸ともいふ

気管支の老いゆく母かもの食むに空気洩れゐるごとき音する

老いの身を嘆かふ母よ唱へませ「無老死。亦無老死尽。」

かなしみは老い母もわれもひとつなるやがて逝かむ者残さるる者

薄暗き不動明堂にぬかづきて母なき後のわが身思ふまじ

——古懸山——

延命も病の治癒も祈りがたし平安を老母《はは》にあたへ給へ

不動明堂にひとり籠りて心安し透りて遠きひぐらしの声

覚悟しておかねばならぬこといくつ母の枕辺に思ひてゐたり

父病みし日の十勝沖地震十五年経て母病むる日の日本海中部地震ぞ

有感地震日に幾度も起こりたり母負ふ帯を用意して寝る

母の命とどめむすべなき明け暮れを庭の紫陽花の青深く澄む

喪の服を誂へて母の死を待てり人に告ぐべきかなしみならず

ひと言も宣《のたま》はず母よ逝きますかいまはの際の眠りは深く

わが母を返し申さむ観世音勢至諸菩薩よ導き給へ

亡き母の臥りゐしままにくぼみたる畳の上にわれはも眠る

このままに目覚めぬことをひた願ふ夜のありひとりのみの起き伏し

さびしさは底ひも知らず亡き母の部屋に形見の着物をたたむ

帰り来ればかた時もわれを離れざる線香の匂ひつきたる小犬の

本能は聡く鋭し涙ぐむわれを見上げて鳴きたつる犬

母とゆく終《つひ》の旅なり寝台車に母の遺骨と並びて眠る

母よ見ませ帰り来たれる故郷《ふるさと》の空にかかりて清《さや》かなる虹

母と来たりし幼き日のままに小川清く山の傍居《そばゐ》の祖母《おほはは》の家

母の縁《えにし》につながる人ら越前の山深き里に家系を守る

ことごとく姉弟《はらから》逝きて残りたる母に叔父の死はつひに告げざりき

母方の御祖《みおや》の墓にぬかづきぬみ骨となりし母を抱きて

すがりゆき抱きとどめたし蓮台にささげられつつわが母のゆく

母に供へし飯にて足らふわが食事僧のごとしと思ふことあり

かなしみもかく穏やかに消ゆるべし姿をとどめぬ石のみ佛

――あだし野――

み佛にすがらむ地蔵盆千灯供養の日に生れにしわれは

時時をⅡ

虫らひそむ河原は枯芝の幾重なし乾きて保つ日の温もりを

滅びゆくものらひそけし野いばらの朱実にまつはり小さき虫飛ぶ

土に還りゆく季と思ふに安らけし素枯るる草も弱りし虫も

霜おりる高原の夜はいかならむ子牛も孕める牛も混りて

野下げの車に乗らぬと動かざる牛の仔よ高原はすでに雪近き日ぞ

軒下に干さるる鰈の強風に翻り音たつ岬の店は

——大間岬——

観光には季まだ早し土産売る岬の店の土間薄暗く

生き生きと潮の光身にまとひ魚売られをり岬の店に

生きながら売らるる魚ら店頭の木箱に眼光りてゐたり

跳ねし姿のままに売らるる魚あはれ桜貝ひとつ買ひて店出づ

異常低温は海にも及び仮死したる魚大量に漂ふと聞く

厳しかりし冬を生き抜きて庭土ゆいで来し蚯蚓も懐かしきもの

おほかたは白き花なり六月の夏泊半島は樹の花の季

名を知れる花あり知らぬ花のあり花を訪めゆく憂ひ消えねば

木槿咲き芙蓉咲き出でわが母のわれを産みませし日の近づきぬ

芙蓉咲くにちなみてわが名つけくれし父母《ちちはは》恋し花の盛りは

食べらるるため砂漠を歩きゆく羊映されぬシルクロードの取材の旅に

ひたすらに生くるものらの命食み生き継ぎて来ぬわれも人もみな

不用意に「生きた缶詰め」と言ふなかれ探検の旅に伴はれゆく鶏羊

それぞれに鉢花華やぐ室《むろ》のなかひとつの花のごとくわが居る

己の髪の一本《ひともと》すらも御し得ざり親鸞を思へば心おそるる

森羅万象のなかの微塵と自らを思ひしにひと夜深く眠れる

自然《じねん》の命ずるままに生くるもの白鳥もわれもみなひとつなる

わが師健やかに春は来にけり「山を仰ぐ」歌碑に桜の光りつつ散る

建物疎開の請負書面額八千七百円父母逝きてわが手に残る

興福寺の十大弟子像八部衆並びてゐます夕暗む館に

童顔にて悲しむさまの沙羯羅《さから》像異教の荒ぶる神と思へず

激しさを超えて静もり天平の八部衆みな穏やかに佇つ

丹《に》の色に光たちつつ阿修羅佛一二〇〇年経てわが前にあり

眉寄する苦悩はなにぞ阿修羅佛衆生のわれに知る由もなく

蓮華王院の後廊ゆきつつ二十八部衆に心寄せし叔父をし思ふ

――蓮華王院は三十三間堂――

二十八部衆を「汝」と呼びかけ詩に編みし若き日の叔父をわれ知らざりき

人界に住むべくもなき仮象の神なに故に魅かるる叔父もわが身も

中尊の炎となりて燃えしとき救はれしと聞く二十八部衆みな

散指《さんじ》大将《たいしゃう》の風貌に祖父の面影を見しとぞ詠ふ叔父の詩文は

「いつの日かたのしき再会を信ず」の序亡き人にささげし『まそほ』一巻

『真赭《まそほ》』とは主尊の悲願をこらしたる諸天の色とぞ叔父は言ふなり

生かされて

夜の更けを花片を閉ぢて眠るなり山より摘み来し菊咲一華

頭《かしら》垂るるごとくに眠る山花とひとつの部屋にわれはも眠る

はらはらと山草花の散りたらむ泥のごとくにわが眠るとき

水あれば水に棲むもの草生には草に生くるもの湿原やさし

木道にわが足音の反響す幾日雨なく乾く湿原

それぞれに光を放ちわたすげのそよげる原に夕雲雀おつ

わたすげの白き毬穂に夕光《ゆふひかり》くまなく照りて山暮れむとす

清々と黄すげ咲き継ぎて幾日か終《つひ》のひと花今宵は閉ぢぬ

一人生くるを寂しくなきかと問ひ給ふに「寂しくなし」といふをためらふ

人はみな寂しきものと思ふ宵大待宵草は音立てて咲けり

生かされて今日あるわが身わが病癒えて十年母逝きて四年

歌集「芙蓉咲く以後」

昭和六十二年〜平成五年

六十首

昭和の終り　平成となる
時時をⅢ

昭和の終り

馬酔木《あしび》咲き沈丁花《ぢんちゃうげ》香る寺の庭古都に惜しみぬ過ぎゆく春を

かくも優しくたをやかに衆生を救はむか飛鳥弥勒の奇しきみ姿

遥かなる百済の国より渡り来て「泣き弥勒」おはす春の太秦《うづまさ》
一方《かた》は泣き一方は笑まひてうつむける影ひそやかに二体の弥勒
蜜を吸ひ飛び立ちゆきしは鶯か赤き椿をひとつ落とせり

リクルート疑惑のニュース聞きて来し朝《あした》にて生徒らと学ぶ万葉秀歌

夫恋《つま》ふる東歌《あづまうた》一首わが生徒らは思ひ思ひに声出し読む

もの豊かに生きるる子らにわれは語る山上憶良《やまのうへのおくら》の「貧窮問答」

平成となる

雪の峡を光りて流るる川の見ゆ海底トンネル出でしところに

海面下二四〇米のトンネルをくぐり来て接す昭和天皇崩御の報《しら》せ

我がうちに大きく崩れしは何ならむ昭和六十四年一月七日

今まさにひとつの時代過ぎてゆく亡き父母《ちちはは》に厳しかりし昭和の時代

慌しき仕事の隙《ひま》に茫然とゐるときのあり師の病篤く

先生ご病気いかがですかハマベンケイ草咲いたらお届けします

横山先生と友と旅せし日の恋ほし高村山荘・秋田角館

無我夢中にて二月《ふたつき》は過ぐ横山先生斎藤先生在《いま》さぬ現実

前脚を折りて座れる石の牛・羊《ひつじ》・馬みなおだやかに並む

――大鰐大圓寺――

棟高々と茅葺屋根より雪解水したたる黄檗宗法眼寺《ほうげんじ》

昨夜《よべ》の雪屋根に残れる寺のうへ照り翳りつつ春雲走る

天つ光ここに凝《こご》らむ白木蓮の大樹たわわに花の真盛り

ことごとく天空に向き花咲かす白木蓮の大樹よ亡き武夫師の庭

いただきし白木蓮の枝撓みわが手に伝ふ花の量感

時時をⅢ

大動脈瘤手術後の義兄《あに》は機嫌よくわれを導く近江の寺に

大患癒えたる義兄と語りゆく三井寺《みゐでら》や童顔ふくよかなみ佛在《いま》す

われら生きて再びまみゆることはあらじ五十年御開帳の如意輪観音

湖国観音一番札所三井寺に琵琶湖の白き夕光《ゆふかげ》及ぶ

もろともに今日ある命諸佛在《いま》す山にていただく一服のお茶を

仮眠《うたたね》するに時くれば起こしくるる犬よともに寝起きす十二年余を

見舞ふわれ見舞はるる友病には触れずに分かち食ぶ松栄堂の菓子を

苦悩ひとつ年を越させて元日に汚れしコーヒーカップを磨く

生徒らとの最後のキャンプ冴えわたる星の夜いくたびもテントを巡る

子らとゐる山の平安上弦の月傾きてものみな眠る

野営地にかかる鋪橋《いしばし》朝靄の中を子狐走りゆきたり

にはか雨過ぐるにたちまち生徒らのテントより出で来ぬ飯盒持ちて

一村二町一市廻《めぐ》りて大いなる小川原湖に夏の水盛り上がる

小川原湖に真菰の繁りさやぎつつ数多の鳥を育てゐるらし

三年経てかくも明るき墓処《はかどころ》先生に供ふる赤き花々

長橋の菱沼《ひしぬま》に咲くひつじ草花開く刻を蜩《ひぐらし》の鳴く

朝露にしとどに濡れて芙蓉咲く武夫忌の翌日のわが誕生日

村の道果つるところに社あり産土神《うぶすな》に馬を捧ぐる

馬に乗りて神幸ひを授くといふ過疎の山村はダリアの盛り

陸奥湾に臨みて架かるブリッジのまな下に朝灯すプラットホーム

東岳《あづまだけ》に滞る雲より輪光のゆらぎて大き太陽昇る

オイルターミナルの上空にして二重なし朝の虹の形変へゆく

この街に生れ果てゆく己かとベイブリッジに見る朝焼けの街

川二つ砂丘に埋もれて成りしとぞ潟湖《せきこ》と呼ばるる鷹架沼《たかほこぬま》は

鷹架沼の西の果たては室ノ久保ここより低く実り田続く

たゆたひて岸に着きたる小舟には撃たれし鴨の積まれてありぬ

片手にてパンを食みつつ空《あ》きし手で撃ち来し鴨を選り分けてをり

幻の沼訪ねゆく思ひにて砂丘牧場に深く入り来ぬ

――巫女沼《みこぬま》――

乾きたる柏の葉音寒ざむし砂丘は抱く光なき沼

子らはまだ朝《あした》の眠り豊平川の岸辺に望むホテルの全景

グランシヤリオ王城のごとき建物に二〇〇余名の朝《あした》が明くる

札幌は柳絮《りゆうじよ》の季節街なかを柳の絮《わた》の光りつつ飛ぶ

健脚の生徒ら待ちて我ひとりつながれし山羊と心遊べり

気負なくいつものやうに終りたり三十七年めの最後の授業

一礼して卒業式場を出でゆける二四五名最後の生徒

幾年振りの心安らぎ今朝よりは目覚まし時計なしに目覚めぬ

焙りたてのコーヒー豆を売る店の前を通りゆく日課の散歩

公園に花盛る山茱萸《さんしゅゆ》のひと木あり夕べ雨降る前に見にゆく

平成六年〜十四年

七十四首

陽炎となりて　祈り

かけがへなきもの　百合と星

陽炎《かげろふ》となりて

逆らはず老いゆくさまを我に見す歯は抜け眼濁りゆく犬

かくてみな老いゆくものを何故《なにゆゑ》に嘆かむ犬の静かに眠る

命ひとつ抱へし思ひひしひしと耳聞こえなくなりし老犬抱く

腰さするに鳴きやみ寝入る老犬の一夜痛みに眠らざりしか

視力薄らぎし眼にわれを確かめて見上ぐる形に寝入るわが犬

安楽死のことも思ひてうめき続く犬のかたへに夜通し看《みと》る

十六年母亡き後を共に生きミミは犬にして犬にあらざりき

いまはの際に吠えしは何ぞわが犬の力ふりしぼりたる声耳を離れず

抱かるるまま果てし犬の温もりを確かめゐたりわが身冷えつつ

もはや鳴かず動かずなりて息絶えし犬の頭《かしら》を幾度《いくたび》も撫ず

煙たたぬ火葬といふにゆらゆらと陽炎となりてわが犬焼かる

バーナーの炎くぐり来しわが犬の頭《かしら》真白く形とどむる

薄紙のごとくカサカサと音立てて焼かれし犬の骨は崩るる

悲しめば悲しむのみに一日過ぐ犬亡く冬至近き短日《みじかび》

祈り

函館の北方民族資料館昼ひそかにてオルゴール鳴る

神に捧ぐる使ひといへど六十本花矢射らるる熊あはれなり

占ひに用ひしはキツネアホウドリの頭骨にして黒く年旧る

占ひに従ふ生活《たつき》北方の人らささやかに足るるを知りて

草木に鳥獣魚介ものなべて精霊に帰すといふ人間もまた

万物みな神と敬ひ北方の人ら生きにきひたすらなりき

縄文のロマン未知なるフロンテイアさまざまに言ひつつ倦むことのなし

——三内丸山——

今の世を豊かに生きて何故に人らひかるる縄文遺跡

縄文の時をひたすら生きし跡平均寿命三十歳とぞ

凄惨なことも思はしむ縄文の谷より焼け焦げし人骨出でて

天を仰ぎ祈るしかなき縄文の人の手になる土偶口開く

姉の家にゆく道親し京の露地白椿咲き沈丁花匂ふ

宝佛殿《ほうぶつでん》の義兄《あに》の遺骨に会ひにゆく京の春日のうらうらとして

「芙美江はん」われを呼ぶときの京訛亡き義兄の声聞こゆるごとし

縁《えにし》ありてはるばる詣づる西国の二十一番札所丹波穴太寺《あのおじ》

青森より訪ねしとふに寺守る老は釈迦涅槃像を拝ませくれぬ

激しき雨の千光山に迎へくれぬ君は法衣の裾を濡らして

宿坊のひとつ湯槽に身をしづめ尼僧となりし友とわがゐる

清澄寺の朝の勤行《ごんぎゃう》にわれは坐す庵主《あんじゅ》に縁のある者として

常のごとく手を振り別れむとするわれに君は微笑みて合掌したり

活け置きし猫柳の緑葉芽吹く部屋議員自殺のニュース流れ来

宿かりの死にたとへられ自殺せし議員の生きざまの世に曝《さら》されぬ

真相はいづれなりとも痛ましき人間が人間を裁かむとする

かけがへなきもの

失ひしかけがへなきものを数へゐる夜なり窓下にこほろぎの鳴く

師の歌碑の前に佇ちしは幾度かまた今朝も来て何を問はむや

終刊の危ふきもありて七十年「アスナロ」の戦前戦後武夫師没後

苦しみ多かりしと詠みにし石澤善次郎さん人生の大半を「アスナロ」とあり

わが腎臓に抱く二つの石並び白く明るく写し出されぬ

砕石治療待つ間を壁にかけてある版画見てをり「星空の蝶」

まさしくも鑿《のみ》にて石を砕く音身ぬちに響き治療すすみゆく

スターダストのごとく結石の飛び散らむ腎臓といふひとつの宇宙

結石を流し落とせよと賜りぬ「梵珠百水」「龍泉洞の水」

病院のベッドに差し入る月光を浴みつつ思ふ「アスナロ」のこと

寒の月冴え冴えとして居寝がたし遠く聞こえくる武夫師の声

妙義山に朝茜なす日の光今日はまみえむ山口清志さんに

説得に師を訪ひしとぞ生徒君の記憶に残る土間とストーブ

君在《いま》さねば「アスナロ」創刊はならざりき七十余年過ぎて茫々

ふるさとの野辺地を出でて幾年ぞ淡々ともはや上州の人

襲はれし雀の羽根を掃きにつつただにかなしむ食物連鎖

雀の命腹におさめて今日ひと日生くる鳥を憎めずにゐる

蓄へをもたぬが自然の掟にて鳥は狩りをする氷雨の朝も
傲《おごり》なき鳥獣なれば苦悩なく形さまざまに死に従へり
真昼なほカツチヨのかげに残り咲く大待宵草明し市浦の村は

大津波に襲はれし歴史重ねつつ人ら住み継ぐ潟光る村

午後五時の太陽いまだ高くして津波の塔の逆光となる

再処理工場の拠点となるか 弥栄平《いやさかだひら》 開拓の日々は牛を育てし

二つの沼左右に見つつ走りゆく原燃専用道路に逃げ水の照る

河口をふさぐ砂丘にしばしば氾濫の歴史持つ高瀬川今も荒寥

天ヶ森射爆場につづく太平洋荒々と波しぶきをり霧たたしめて

海霧に閉ざされし視界この砂丘に連なりてあらむむつ小川原港

百合と星

満ち足りて過ぎたるひと日見えがくれ見えがくれつつ月昇り来ぬ

行き帰り通る道の辺の六地蔵今宵は月に照らされ在《いま》す

還るなき七十五年の歳月のおろそかならず『羅漢柏《あすなろ》』の歌

武夫師にまみえし以前にかへらむか「無に帰す」それも潔きこと

雪の日にニツポンといふ名の百合咲きて白き光の部屋に漲る

九つの百合の大輪それぞれに逝きましし人思ふ終刊近く

君宛に投函せむと出でしま夜中天《ちゅうてん》より一つ星流れたり

わが生《あ》るる前に発せし光かと見る間に赤き星流れ落つ

無窮なる時の流れのひと齣と思ふに安し星空の下

終刊号の編集終えなば訪はむ寒の星降る山あひと町

あとがき

第二歌集「芙蓉咲く以後」を平成十五年一月に出版して以来、自分の歌をじっくりと顧みることなく歳月を重ねてきました。

このたび幸運にも東奥文芸叢書に加えていただき、改めて自分の作品を展望し、これまでの己の生き方を振り返ることができました。

当時は若気のいたりで出版部数を極力少なくし、特に「芙蓉咲く以後」は限定本にし百部しか発行しませんでした。今になって歌集を欲しいと言われ、なかなか手に入らず大変申し訳けない思いをしてきました。従ってこのたびの叢書は「芙蓉咲く」（昭和六十三年一月発行）と「芙蓉咲く以後」（平成十五年二月発行）の二冊にしぼり、リーダーズ・ダイジェスト的にまとめることにしました。

　私が短歌に興味をもつようになったのは中学生の頃。大学卒業の春に仙台の東北アララギ会「群山」（扇畑忠雄主宰）に入会。正式に横山武夫（「アスナロ」）に師事したのは、昭和三十六年十二月、爾来永年にわたって指導していただきました。

　平成十五年二月、七十五年続いた「アスナロ」短歌会解散まで、編集、諸行事等に携わり、今もって一貫して『写美』（アララギ系）を学び続けています。

内野芙美江

平成二十六年九月

著者略歴

内野芙美江（うちの　ふみえ）

昭和十年青森市生まれ。昭和三十一年宮城学院短期大学国文科卒業。東北アララギ会「群山」（扇畑忠雄主宰）に入会。昭和三十六年「アスナロ」短歌会に入会。横山武夫に師事。平成十五年二月、当会解散まで編集、諸行事に尽力。「アスナロ」終刊号の編集発行。

平成五年教職を退く。日本歌人クラブ会員。「群山」青森短歌会代表。短歌グループ「芙蓉の会」責任者。ＮＨＫ文化センター青森教室講師。第七回青森県歌壇新人賞、第三回準短歌賞、第九回青森県短歌賞、第三十三回青森県歌人功労賞受賞。

住所　〒〇三〇―〇八二三
青森市橋本三丁目二〇―二

内野芙美江歌集

東奥文芸叢書　短歌14

発行　二〇一五（平成二十七）年二月十日

著者　内野芙美江

発行者　塩越隆雄

発行所　株式会社　東奥日報社
〒030-0180　青森市第二問屋町3丁目1番89号
電話　017－739－1539（出版部）

印刷所　東奥印刷株式会社

ISBN－978－4－88561－180－3　C0092　￥1200E

東奥日報創刊125周年記念企画

東奥文芸叢書　短歌

梅内美華子　福井　緑
工藤　邦男　福士　修二
山下　正義　工藤せい子
平井　軍治　中村　キネ
中村　道郎　佐々木久枝
道合千勢子　兼平　勉
山谷　久子　内野芙美江
斉藤　梢　秋谷まゆみ
大庭れいじ　間山　淑子
菊池みのり　吉田　晶二

（第一次配本20名、既刊は太字）

東奥文芸叢書刊行にあたって

青森県の短詩型文芸界は寺山修司、増田手古奈、成田千空をはじめ日本文学界をリードする数多くの優れた文人を輩出してきた。その流れを汲んで現代においても俳句の加藤憲曠、短歌の梅内美華子、福井緑、川柳の高田寄生木など全国レベルの作家が活躍し、その後を追うように、新進気鋭の作家が次々と現れている。

1888年（明治21年）に創刊した東奥日報社が125年の歴史の中で醸成してきた文化の土壌は、「サンデー東奥」（1929年刊）、「月刊東奥」（1939年刊）への投稿、寄稿、連載、続いて戦後まもなく開始した短歌・俳句・川柳の大会開催や「東奥歌壇」、「東奥俳壇」、「東奥柳壇」などを通じて、本州最北端という独特の風土を色濃くまとった個性豊かな文化を花開かせてきた。

二十一世紀に入り、社会情勢は大きく変貌した。景気低迷が長期化し、核家族化、高齢化がすすみ、さらには未曾有の災害を体験し、その復興も遅々として進まない状況にある。このように厳しい時代にあってこそ、人々が笑顔と元気を取り戻し、地域が再び蘇るためには「文化」の力が大きく寄与することは間違いない。

東奥日報社は、このたび創刊125周年事業として、青森県短詩型文芸の優れた作品を県内外に紹介し、文化遺産として後世に伝えるために、「東奥文芸叢書（短歌、俳句、川柳各30冊・全90冊）」を刊行することにした。「文化」の力は地域を豊かにし、世界へ通ずる。本県文芸のいっそうの興隆を願ってやまない。

平成二十六年一月

東奥日報社代表取締役社長　塩越　隆雄